W9-AJT-373

JUAN GÓMEZ-JURADO

EL SÉPTIMO PRÍNCIPE

con ilustraciones de
JOSÉ ÁNGEL ARES

1.ª edición: septiembre 2016

para el sello B de Blok
Consell de Cent, 425-427 - 08009 Barcelona (España)
www.edicionesb.com

Printed in Spain

ISBN: 978-84-16712-00-7
DL B 13262-2016
Impreso por ROLPRESS

JUAN GÓMEZ-JURADO

EL SÉPTIMO PRÍNCIPE

con ilustraciones de
JOSÉ ÁNGEL ARES

Barcelona • Madrid • Bogotá • Buenos Aires • Caracas • México D.F. • Miami • Montevideo • Santiago de Chile

Hace muchos años vivía en un reino lejano un noble rey con sus siete hijos.

El rey, que en su ya lejana juventud había sido un gran guerrero, estaba orgulloso de sus seis hijos mayores, pues eran fuertes, orgullosos y fieros.

Sin embargo, el pequeño, Benjamín, era sensible, delicado, sonriente y atento con todos, algo que a su padre no le gustaba nada.

—No es propio de un guerrero —decía el anciano monarca—. ¡Retirad las flores de su habitación, prohibidle los libros y los poemas!

Entretanto, la reina, que veía con ternura y orgullo a Benjamín y lamentaba que ninguno de sus otros hijos fuera educado y amable como este, por la noche deslizaba discretamente bellos manuscritos en el cuarto de su hijo y palabras conciliadoras al oído de su esposo, quien en sueños farfullaba a través de los bigotes.

También los hermanos mayores se reían de la corta estatura de Benjamín, de su sonrisa y de su exquisito zapateado, un baile que asombraba a la corte entera y cuyos complicados pasos pocos eran capaces de seguir.

—¡Mirad a la florecilla bailarina! ¡Crece para que puedas sostener por igual el asado y la lanza, enano! —gritaban los caballeros con la cara chorreante de grasa en los banquetes reales.

Y humillaban a Benjamín, cargándole con pesos que no podía sostener, delante de todos los súbditos. O bien le obligaban a participar en fingidas peleas con los gansos de la Granja Real, armado con una escoba. Las aves picaban en las pantorrillas al joven príncipe, ya que éste se negaba a agitar la escoba por miedo a hacerles daño. El rey, enfurecido, obligaba a Benjamín a limpiar él solo los restos del banquete, entre las risas burlonas de los nobles. El pobre niño recogía las sobras arrojadas por los miembros de la corte, pero ni aun entonces decaía su ánimo.

Entonaba una canción y sonreía mientras recogía, y le imprimía a sus pies y a su escoba un ritmo de claqué o de rap, porque era un príncipe de lo más moderno.

Y los criados, que miraban desde detrás de las cortinas, sacudían, tristes, la cabeza y decían:

—*Ha perdido la chaveta. Con todo lo que tiene que limpiar, y sigue cantando y bailando...*

Sin embargo, hasta en los reinos más dorados y felices sobreviene algún negro nubarrón. Este, en concreto, vino del norte, emigrando en busca de calor.

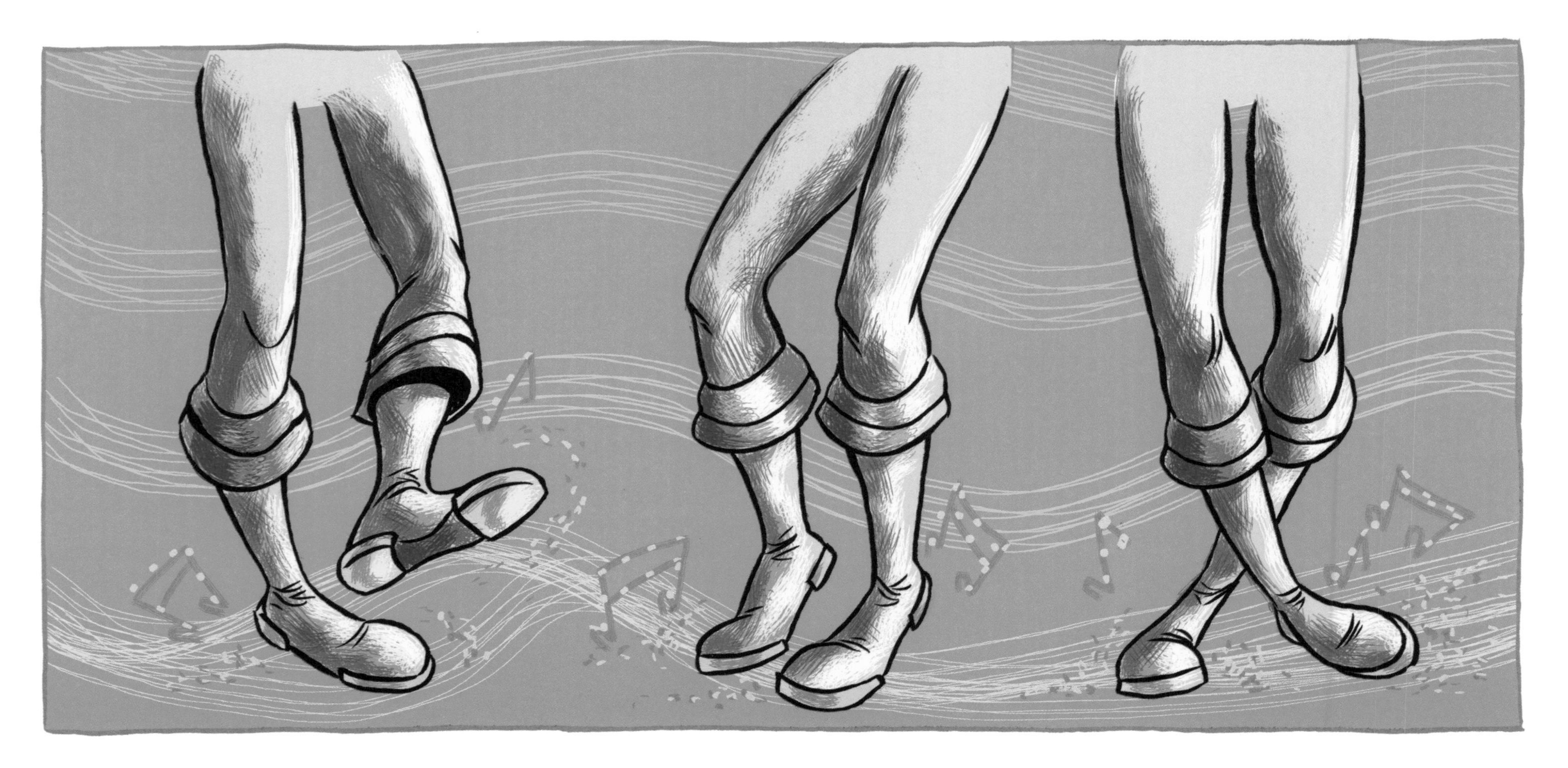

Los ganaderos de la frontera lo confundieron con una tormenta de verano, hasta que se comió sus vacas. Los pastores del Monte Plas lo confundieron con un globo aerostático, hasta que se comió a sus ovejas. Los granjeros del Valle de Burrel lo confundieron con un grupo de golondrinas tardías,* hasta que se comió a sus pollos. Los campesinos de la Pradera Feliz lo confundieron con un huracán, hasta que por fin se detuvo y se limpió de los dientes los restos de las vacas, los ganaderos, las ovejas, los pastores, los pollos, los granjeros y las golondrinas** usando la cosecha de los campesinos como mondadientes.

* Y por la dirección en que volaban, no andaban del todo desencaminados, pequeña, pues las golondrinas vuelan hacia el sur cuando hace frío.

** Por eso las golondrinas no habían aparecido ese año.

Por suerte los habitantes de la Pradera Feliz se habían escondido del supuesto huracán debajo de un tejado arrancado por el huracán anterior. Ya sé lo que estás pensando, que un tejado arrancado por un huracán no es lo ideal para ocultarse, porque si lo arrancó una vez, podría arrancarlo dos. Pero para ser justos con los pobres campesinos, piensa que tú estás cómodamente arropadita en tu cama, a salvo de huracanes, mientras que los campesinos veían una cosa negra llegar por el horizonte.

Y aunque, en efecto, debajo de un tejado no era el mejor sitio para esconderse de un huracán, sí que era un lugar estupendo para esconderse de un dragón.

Sí, pequeña, un dragón. Un reptil mitológico que escupe fuego por la boca y come mucho más de lo que es capaz de digerir. Provistos de grandes alas negras y negro corazón, suelen cantar en la sobremesa arias de ópera con su potente voz de barítono.

Este en concreto era muy aficionado a *Turandot*, y cuando comía demasiado le entraba sueño, así que en estos momentos entonaba adormilado *Nessum dorma*, poco atento a un tejado cercano al que le habían salido doce docenas de pies,* mientras se encaminaba hacia el castillo del rey.

* Como aún no has cursado álgebra te diré que debajo de aquel tejado, que se movía a toda velocidad, había 72 granjeros con sus 144 pies.

Los campesinos encontraron al monarca en el salón del trono, celebrando un banquete como de costumbre.* Tras identificarse y negarse a salir de debajo del tejado, explicaron al gobernante las malas nuevas.

—Majestad, hay un dragón.

—¿Cómo, un dragón? ¿Os referís al reptil mitológico provisto de grandes alas negras y negro corazón?

—Sí, majestad, y está hambriento.

—¿Hambriento decís? ¿Cómo podéis saber tal cosa?

* Los reyes de la antigüedad celebraban muchos banquetes. Se desconoce si tenían otros intereses, salvo la caza y probar zapatitos de cristal a sus súbditas.

—Majestad, porque hasta el momento ha dado buena cuenta de vacas y ganaderos, ovejas y pastores, pollos y granjeros. Se ha limpiado los dientes con nuestras cosechas, y solo nos salvamos nosotros porque nos escondimos debajo de este tejado creyendo que se acercaba un huracán.

—Mmm... Un tejado arrancado por un huracán no es lo más apropiado para esconderse de otro huracán.* Pero no importa. ¡A las armas, mis bravos caballeros! Que dé un paso al frente quien esté dispuesto a librar al reino de esta terrible fiera.

* El rey también había llegado a aquella conclusión sentado tranquilamente en el salón del trono, así que no te creas tan listilla.

Todos los caballeros y nobles presentes en el salón del trono dieron un paso al frente, y el rey se llenó de alegría.

—¡Bravo, muchachos! Pero me parece que sois demasiados para enfrentarse a un solo dragón. Tú, Mamfred, mi primogénito, serás el elegido para la tarea. Los demás esperad al próximo dragón.

El príncipe Mamfred, que era el más fuerte, pomposo y cazurro de los hijos del rey, se infló como un pavo en diciembre.

—Gracias, padre, por vuestra confianza. Viajaré a las tierras de los campesinos, cortaré las dos negras alas de la bestia y traspasaré su negro corazón.

Dicho esto partió como una centella entre los aplausos de los campesinos. Cabalgó y cabalgó, y llegó a los pies del dragón, grande como una montaña.

Desconocemos si en el primitivo cerebro de Mamfred hubo algún asomo de miedo antes de cargar a lo loco con su espada. Lo que sí sabemos es que, de tener miedo, no le duró mucho, pues el dragón le engulló de un solo bocado.

El caballo, sin jinete y ante las altas perspectivas de ser devorado, dio media vuelta y cabalgó hasta el castillo, donde se metió debajo de la paja de su cuadra, temblando como una hoja.

Los palafreneros,* alarmados, comunicaron las malas noticias al rey.

—Majestad, tememos lo peor. El caballo del príncipe Mamfred ha vuelto aterrorizado, y creemos que vuestro hijo ha sido devorado por la bestia de negras alas y negro corazón.

—¿Devorado, decís? ¿Cómo podéis saber tal cosa?

* No, no voy a decirte lo que es un palafrenero, así que no preguntes. Acostúmbrate a buscar las palabras que desconoces en un diccionario. Es útil, divertido y le da un respiro a papá.

—Porque había una nota prendida a la silla del caballo, majestad —dijo el palafrenero mayor, tendiéndole la nota al anciano monarca.

—«Un poco pasado de sal. El próximo que no sea tan aficionado al deporte. Firmado, Luciano.»* ¡Maldición! ¡El mejor guerrero del reino! ¿Quién vengará su muerte?

Todos los caballeros y nobles presentes en el salón dieron un paso al frente, aunque esta vez se lo pensaron un poco. El rey señaló a dos de ellos.

* Los dragones suelen tener nombres como Luciano, José o Plácido. Debe tener que ver con la afición a la ópera de los papás dragón.

—Bien, te escojo a ti, Julius, mi segundo hijo. Y a ti, Recaredo, mi tercer retoño. Vosotros vengaréis a vuestro hermano (y a las vacas, los ganaderos, las ovejas, los pastores, los pollos y los granjeros).

—¡Y la cosecha! —recordaron setenta y dos voces campesinas.

—Eso, eso, y la cosecha —reconoció de mala gana el anciano rey, algo mosqueado por tener un tejado sobre la bella alfombra de su bello salón.

—¡Así lo haremos, oh, padre! Con nuestras porras quebraremos las negras alas y hundiremos en el pecho el negro corazón —dijeron a la vez los dos príncipes, y corrieron como locos hacia sus monturas.

Cabalgaron cual flechas, agitando en el aire sus porras, y llegaron junto al dragón cansados de la cabalgata y de tanto agitar las porras. No es de extrañar que sus golpes fueran tan flojos que apenas sirvieran para que el dragón abriera medio ojo y tomara dos bocados de medianoche. Aunque no tenía ganas, porque estaba durmiendo, era un dragón muy educado y no olvidó incluir la nota de agradecimiento para enviarla con los caballos que regresaban despavoridos.

—«Muchas gracias por el tentempié, de calidad superior al anterior. Les recomiendo vivamente montar un servicio de comida a domicilio, éxito garantizado entre los de mi especie. ¿Podrían enviarme tres doncellas braseadas para el desayuno? Firmado, Luciano» —leyó en voz alta el rey—. ¡Doble maldición! Tres caballeros le enviaré, que acaben con su arrogancia. ¡Un paso al frente los valientes! —gritó arrugando la nota en su anciana mano.

Pero al mirar alrededor en el salón del trono descubrió que todos los nobles y caballeros habían desarrollado un repentino interés por los frescos del techo o los tapices de las paredes.

—Buen uso del color...

—Mira qué foco de luz...

—Observa qué realismo...

El rey montó en cólera y despotricó contra sus cobardes caballeros.

—Amalfio, Ludovico, Tarmaldo —dijo señalando a los tres que mayor afición habían desarrollado por el arte en cuestión de segundos—, mis tres hijos predilectos, cabalgad juntos y traedme la cabeza del dragón como justa represalia por la muerte de vuestros hermanos.

Los tres príncipes dieron un paso al frente de mala gana.

—¿Tiene que ser ahora, padre? Justo en este momento nos hemos apuntado a un curso de cocina por correspondencia...

—Tal vez el año que viene...

—O el siguiente...

—¡Gallinas! Sois los únicos hijos que me quedan, y vuestro es el honor de acabar con la bestia de negras alas y negro corazón. ¡Marchad ahora mismo o veréis lo que es bueno!

Y allá fueron los tres príncipes, como alma que lleva el diablo. Cabalgaron a gran velocidad, llevando los tres unas grandes lanzas, con las que pensaban ensartar a la bestia. Cabalgaron aún más deprisa que los tres hermanos que les habían precedido, y llegaron al despuntar el alba. Encontraron al monstruo restregándose las legañas* con cara de pocos amigos al pie de un arroyo.

* Los dragones buenos se lavan la cara y las manos al levantarse y al acostarse, y se cepillan los novecientos dientes después de cada comida. Solo se diferencian de, pongamos, un niño normal, en que ellos lo hacen sin que sus padres tengan que perseguirlos por toda la casa.

Ignorando el miedo, cargaron con sus lanzas apuntando al cuerpo de la bestia. Pero las escamas de dragón son muy duras, y por supuesto las tres lanzas se rompieron a la vez. Los tres príncipes cayeron al suelo a un tiempo y, aunque intentaron darse la vuelta para escapar, el dragón se los comió de tres bocados en un santiamén.

Clip, clop, clip, clop. Los cascos de los caballos anunciaban que las monturas de los tres «voluntarios» habían regresado. Un fiel sirviente le alcanzó al rey la consabida nota del dragón, sujeta a la última de las sillas.

—«Debe de haber habido algún error. Solicité tres doncellas braseadas, no tres donceles descerebrados. Estos me están causando ardor. Por favor, envíen con la comida un hipopótamo del Nilo para calmar el malestar.* Firmado, Luciano.» Oh, demonios, se ha comido a mis seis hijos, ¿qué dirá su madre?

* Es bien sabido que el Nilo es un río muy rico en sales minerales.

Y el rey sollozó y sollozó, y los cortesanos sollozaron y sollozaron.*

—Nadie me queda para vengar su muerte. Ha vencido a los más fuertes guerreros, y los que restan son cobardes que se tapan la cara con pañuelos. ¡Qué hora tan sombría!

* Más que nada porque así podían disimular mejor por si el rey les encargaba algo que no quisieran hacer, como ir a matar una bestia de negras alas y negro corazón.

En ese momento, de entre los cortesanos, surgió una pequeña figura que se acercó al trono.

—Majestad, yo puedo ir a derrotar al dragón, si me lo permitís.

El rey alzó la cara de entre las manos, sorbiendo por la nariz* y con la esperanza pintada en el rostro. Pero al ver de quién era la voz, soltó una amarga carcajada.

* Solo porque no tenía un pañuelo a mano, ya que todos los habían acaparado los cortesanos para disimular. También porque este rey, aunque anciano, era un poco guarrete.

—¡Tú! ¡El soñador! ¡El poeta! ¡El bailarín! Tú, que apenas puedes levantar la pata de jabalí para llevártela a la boca, ¿pretendes vencer a la bestia de negras alas y negro corazón? ¿Cómo, a escobazos? Déjanos solos con nuestro dolor. Si quieres ir a que te coma el dragón, ve. Igual eso le quita el hambre durante un rato e impide que engulla algo más importante que tú, como un conejo o, quizá, un pato.

Y todos los cortesanos rieron burlones la ocurrencia del rey, pero solo un momento, ya que enseguida volvieron a sollozar muy alto y muy fuerte para dejar claro que lamentaban profundamente la pérdida de los príncipes.*

* La clave es dejar claro que se lamenta más profundamente que el que tiene al lado.

Benjamín, lejos de sentirse humillado, tomó las palabras de su padre como un consentimiento a su ruego de ir a matar al dragón. Salió a hurtadillas del salón del trono, sin que nadie le viese.

Nadie salvo la reina,* que le estaba esperando en el pasillo.

—Madre —dijo Benjamín al verla—. Por favor, no me impidáis ir.

La reina apenas podía contener la emoción, y parecía a punto de echarse llorar. De todos sus hijos aquel era su favorito. Pero sabía muy bien cuál era la obligación de Benjamín como vástago del rey y, aún más importante, confiaba en él.

* Mamá lo sabe todo. Siempre. Créeme.

—Hijo mío, eres listo y valiente. Donde falló la fuerza bruta, triunfará la inteligencia —dijo ella—. Pide al herrero real cualquier arma que necesites y él te la proporcionará.

—Gracias, madre. Pero lo único que quiero son mis zapatos de claqué.

Y ante el asombro de la reina, tomó los zapatos de su habitación, salió del castillo y se encaminó al prado donde aguardaba el dragón.*

* Puede que te estés preguntando si el pequeño Benjamín tenía miedo. Cada paso que daba le acercaba más a una fiera de cincuenta toneladas, novecientos dientes, negras alas y negro corazón. Y sí, tenía un miedo de muerte. Pero valientes no son los que no sienten miedo, sino los que saben sobreponerse a él.

Era tan grande que al principio le costó darse cuenta de que estaba viendo un animal y no una colina pequeña. Dormitaba ligeramente y de sus fosas nasales salían dos enormes volutas de humo. Al llegar junto a la enorme bocaza, Benjamín carraspeó.

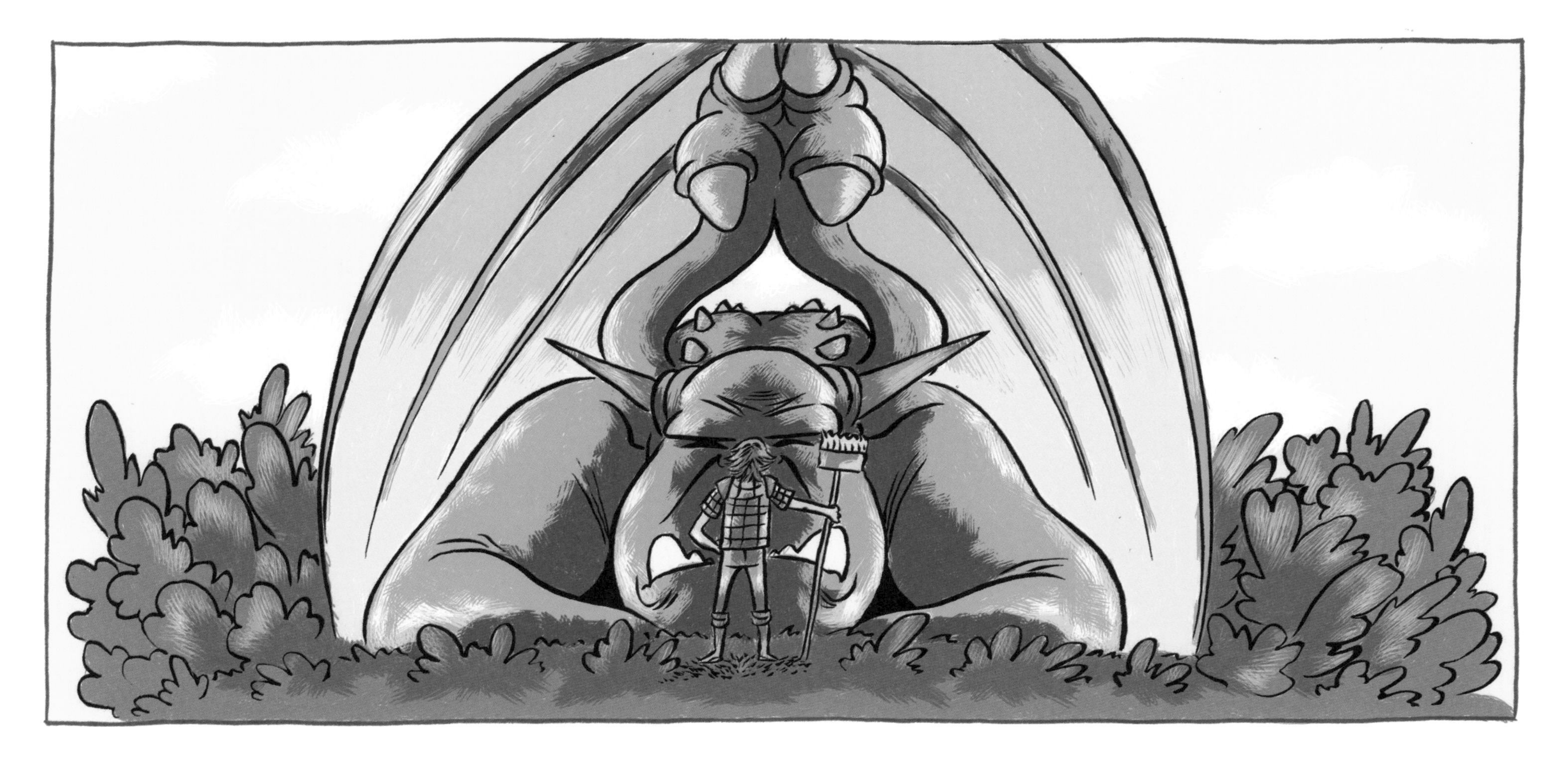

—Buenas tardes.

El dragón ni se inmutó.

—¡BUENAS TARDES! —gritó Benjamín.

—Yo no me comí aquella manada de elefantes, papi —murmuró el dragón entre sueños.

Cansado de que no le hiciese caso, Benjamín agarró la piedra más grande que pudo levantar y se la arrojó al dragón. La piedra rebotó contra la armadura de escamas como un mosquito contra un tanque, pero al menos la bestia abrió un ojo del tamaño de una mesa camilla.* Al principio le costó distinguir al pequeño príncipe, pero cuando lo hizo volvió a cerrar los ojos.

* Esa redonda tan fea que hay en casa de la abuela. Sí, la del tapete.

—Lárgate, pequeñajo —mascullóՙ—. Vuelve dentro de un rato con un par de vacas.
—En este reino no comerás más, bestia malvada.
—¿Y quién me lo va a impedir? —preguntó Luciano, volviendo a amodorrarse.
—Yo mismo. El príncipe Benjamín, el séptimo hijo del rey.

El dragón abrió ahora ambos ojos y una cruel sonrisa se dibujó en su rostro.

—Menudo cobarde que es tu padre —dijo—. Es capaz de enviarme a un niño a hacer su trabajo. Márchate antes de que me arrepienta.

—Tú eres el cobarde, que te has aprovechado de tu tamaño para comerte el trabajo de los demás. Rufián, ladino, glotón...

—No me insultes, muchacho —le advirtió Luciano, al que sendas llamaradas azules se le habían formado en las ventanas de la nariz.

—¡Malandrín! ¡Golfo! ¡Mastuerzo!

—¡Basta, mocoso, o te comeré de un bocado! —rugió el dragón.

Benjamín no cedió.

—¡Jenízaro! ¡Pisaverde! ¡Viceberzas!

—*He dicho que...*

—¡Cenutrio! ¡Tarado!

—¡BASTA!

Y abriendo mucho la boca, Luciano se lo comió de un bocado, con zapatos, escoba y todo.

Aquí habría terminado el cuento para Benjamín si el pequeño príncipe hubiese sido un gigantón como sus hermanos. Porque entonces el dragón habría tenido que masticarle con sus novecientos dientes, lo cual no hubiese sido nada divertido. Pero Benjamín era pequeño y en lugar de verse convertido en papilla se encontró en la enorme barriga del dragón. Allí dentro hacía un calor agobiante, olía a ácido sulfúrico y no estaba totalmente a oscuras, porque la sangre de los dragones es fosforescente, como todo el mundo sabe.

Benjamín no se asustó. No se puso a llorar o a llamar a su mamá, no se quejó de la situación ni de lo que había para cenar,* a pesar de que lo que había para cenar era él.

Lo que hizo fue bailar.

* Como hacen otros. Y me refiero a ti.

Empezó con un suave taconeo.

Punta, tacón. Punta, tacón.

Según se iba animando, comenzó pasos más complicados. Empezó a saltar, a dejarse caer de rodillas, a ejecutar un zapateado salvaje y desenfrenado, mientras tarareaba en voz alta su propia música.

Fuera, Luciano primero se removió nervioso, amodorrado de nuevo tras haberse librado del molesto piojo. Notaba un malestar en la tripa, que aumentaba con cada nueva patada de Benjamín. Enseguida comprendió lo que el pequeño príncipe estaba intentando, y trató de estornudar, escupir y vomitar el parásito que llevaba en las entrañas.

No le sirvió de nada. Benjamín se agarró a su escoba, atoró con ella la garganta del dragón y continuó un baile que resultaba aún más doloroso. Las placas metálicas de las suelas de los zapatos arrancaban aullidos al enorme monstruo, que intentó todo lo que se le ocurrió para sacarse de dentro al príncipe. Nada sirvió.

—¡Está bien! ¿Qué tengo que hacer para que salgas? —suplicó al fin.

—Quiero que te vayas de este reino y jures no volver a él nunca más.

Y entonces Luciano se quedó muy callado, pensando. Porque los dragones son inmortales, pero si incumplen una promesa la magia que los hace vivir para siempre se desvanece. Así que meditó muy bien su respuesta.

—Tú ganas —dijo al cabo de un buen rato—. Lo juro.

Y entonces Benjamín soltó la escoba, y un estornudo del dragón lo dejó en medio de la hierba.

Cuando se quiso dar cuenta, Luciano ya no estaba. Ansioso por cumplir su promesa, el dragón ya era solo una mancha cada vez más pequeña en el cielo.

Benjamín se puso de pie de un salto y emprendió el camino de vuelta al castillo, cubierto de una baba espesa y verdosa pero muy feliz, porque su astucia e ingenio habían triunfado allí donde había fracasado la fuerza bruta.*

* Y también porque ahora él era el único hijo del rey. Ya lo entenderás cuando seas mayor.

Benja @BenjaminBailongo

Aquí, sufriendo #VoyASerRey #NuncaDejesDeSoñar

Reply · Retweet · Favorite · More

3:12 AM - 28 Jun 16 · Embed this Tweet

Luciano AlasNegras @DragónMolón

@BenjaminBailongo De nada, ¿eh?

Reply · Retweet · Favorite · More

3:20 AM - 28 Jun 16 · Embed this Tweet

Benja @BenjaminBailongo

@DragónMolón Te debo una cena

Reply · Retweet · Favorite · More

3:21 AM - 28 Jun 16 · Embed this Tweet

Reina Casimira @FashionQueen

@BenjaminBailongo Haz el favor de venir para casa, que ya están las lentejas. Y no hables con dragones que se comen a tus hermanos. @DragónMolón

Reply · Retweet · Favorite · More

3:22 AM - 28 Jun 16 · Embed this Tweet

Luciano AlasNegras @DragónMolón

@FashionQueen Señora, que soy de buena familia @BenjaminBailongo

Reply · Retweet · Favorite · More

3:23 AM - 28 Jun 16 · Embed this Tweet

Juan Gómez-Jurado es a ratos escritor y a ratos cazador de hipopótamos, a los que captura con una red muy larga –que lleva en la mochila– para chuparles el sudor del cuello antes de liberarlos. El sudor del cuello de los hipopótamos es de color rojo, muy dulce, y es de lo único que se alimentan los escritores. Esta historia de *El séptimo príncipe* es absolutamente real. Juan fue testigo de todo en uno de sus muchos viajes a un país muy lejano, así que no se la inventó para que sus hijos se durmieran cuando eran pequeños ni nada.

José Ángel Ares es dibujante. Conoció a Juan cuando Juan lo atrapó con su red para cazar hipopótamos. Cuando Juan comenzó a chuparle el cuello se dio cuenta de que sabía fatal y de que aquello, pese a sus berridos horripilantes, su olor fétido y su aspecto monstruoso, era un ser humano. Como recompensa por liberarlo de la red, José Ángel prometió hacer los dibujos de una historia absolutamente real que nadie se ha inventado para que sus hijos se durmieran cuando eran pequeños ni nada.